SUCCESSION

DE

Mme la Comtesse de Valanglart

BEAUX

OBJETS D'AMEUBLEMENT

DU XVIIIe SIÈCLE

CATALOGUE

DE BEAUX

OBJETS D'AMEUBLEMENT

DU XVIIIe SIÈCLE

Meubles Louis XV garnis de plaques d'ancienne Porcelaine tendre de Sèvres

Belle Commode Louis XV en laque du Coromandel

Porcelaines de Sèvres, de Saxe, de Chine et du Japon

Meubles, Sièges. Bronzes

DONT LA VENTE AURA LIEU

Par suite du décès de Mme la Comtesse de VALANGLART

HOTEL DROUOT, SALLE N° 8

Le Mercredi 2 Avril 1890

A QUATRE HEURES

COMMISSAIRE-PRISEUR

Me G. BOULLAND

26, rue des Petits-Champs, 26

EXPERT

M. Charles MANNHEIM

7, rue Saint-Georges, 7

EXPOSITIONS

PARTICULIÈRE : *Le Mardi 1er Avril 1890, de 1 h. à 5 h. 1/2*

PUBLIQUE : *Le Jour de la vente, de 1 h. à 4 h.*

CONDITIONS DE LA VENTE

Elle sera faite *expressément* au comptant.

Les Acquéreurs payeront CINQ POUR CENT en sus des adjudications, applicables aux frais de la vente.

L'Exposition mettant les acquéreurs à même de se rendre compte de l'état et de la nature des objets, il ne sera admis aucune réclamation une fois l'adjudication prononcée.

Paris. — Imp. de l'Art, E. Ménard et Cie, 11, rue de la Victoire.

Désignation des Objets

MEUBLES

1 — DEUX CHARMANTS MEUBLES du temps de Louis XV, à hauteur d'appui et fermant à deux portes, en bois laqué bleu, avec rehauts de filets dorés et enrichis chacun de *huit plaques d'ancienne porcelaine de Sèvres, pâte tendre*, dont quatre représentent en décor polychrome des scènes de la vie privée des Chinois, et quatre des branches fleuries et des insectes. Chacune des plaques est encadrée de moulures de bronze doré avec écoinçons ornés.

Chacun des meubles repose sur quatre pieds cintrés, avec sabots de bronze rocaille, reliés par des tabliers à contours élégants. Ils sont garnis à l'intérieur de soie bleue moirée, et les portes sont plaquées de bois de rose.

Dessus de marbre veiné et rosé.

Ces meubles, signés BVRB, célèbre ébéniste du temps, ont été exécutés sous le règne de Louis XV, pour M. le comte de Machault, garde des sceaux, ministre de la marine, et enfin directeur de la Manufacture royale de Sèvres. — Haut., 87 cent.; larg., 1 m. 2 cent.

Pièces exceptionnelles et de la plus grande rareté.

2 — TRÈS BELLE COMMODE du temps de Louis XV, en laque de Coromandel, à sujets de personnages de couleurs sur fond noir. Elle est de forme contournée, à quatre pieds et deux

tiroirs, et elle est garnie de chutes, de sabots et d'encadrements rocaille, et de fleurs en bronze ciselé et doré.

Le dessus est formé d'une tablette de marbre brèche d'Alep, avec quart de rond au pourtour. — Larg., 1 m. 60 cent.

3 — Bonheur du jour du temps de Louis XVI, en marqueterie de bois clair, à fleurs et médaillons ovales, à trophées de musique sur fond vert. Au pourtour de la table, galerie de bronze, dont les vides sont remplis partie par des plaques de porcelaine tendre bleu turquoise uni, et partie par des plaques de même porcelaine décorées de fleurs.

Le dessus est formé d'une tablette de marbre blanc veiné de gris, encadré d'une galerie en cuivre découpé. — Haut., 1 m. 5 cent.; larg., 67 cent.

4 — Petit secrétaire droit, du temps de Louis XVI, en bois de rose, à angles coupés et à dessus de marbre gris. — Haut., 1 m. 10 cent.

5 — Table de nuit du temps de Louis XV, en bois de rose, à dessus de marbre.

6 — Écran formant bureau en bois d'acajou, sur pieds à colonnes. Haut., 96 cent.

7 — Table de nuit Louis XV, en bois de placage, à dessus de marbre blanc. — Larg., 80 cent.

8 — Armoire Louis XV, fermant à deux vantaux, en bois de placage et entrées de serrures en bronze. — Haut., 1 m. 79 cent.; larg., 1 m. 15 cent.

9 — Meuble de salon du temps de Louis XV, en bois sculpté et doré, couvert de damas ponceau moderne. Il se compose de six grands fauteuils, un petit, six chaises l'une d'elle couverte différemment, et un canapé modèle baignoire.

COLLECTION DE VALANGLART

10 — Chaise longue du temps de Louis XV, en deux parties, en bois doré, couverte d'étoffe moderne à fleurs sur fond bleu.

305

11 — Fauteuil de bureau du temps de Louis XV, en bois doré, foncé en canne dorée.

140

12 — Deux portières d'ancien damas, à large dessin, blanc sur fond ponceau. — Haut., 3 m. 35 cent.

230

PORCELAINES

13 — GRANDE ET BELLE JARDINIÈRE de forme oblongue, à contours, reposant sur quatre pieds bas et à deux anses à enroulements, en ancienne porcelaine de Sèvres, pâte tendre, à décor en camaïeu carmin, composé d'un groupe de deux enfants jardiniers dans un paysage, d'attributs de jardinage ; et, au revers, d'un paysage. Marque au point. — Haut., 19 cent.; larg., 30 cent.

14 — Groupe de quatre figurines d'enfants bacchants et d'une chèvre, en ancienne porcelaine de Saxe, sur terrasse composée d'ornements rocaille, et socle de même style en bronze doré. — Haut., 18 cent.; larg., 22 cent.

390

15 — Diverses figurines en ancienne porcelaine de Saxe et autres.

61

16 — Deux jolies potiches en ancienne porcelaine du Japon, à décor polychrome, à fleurs et oiseaux, et offrant, haut et bas, des ornements bordés de noir, à fleurs en camaïeu bleu, et des réserves oblongues renfermant des volatiles se détachant en couleurs sur fond d'or. Les couvercles sont surmontés d'aigles en ronde bosse, et les vases sont garnis de pieds rocaille en bronze. — Hauteur totale, 70 cent.

810

17 — Bol rond en vieux Japon, à décor de paysage et d'orne-

65

ments en bleu, rouge et or. Il est garni d'une monture rocaille
à pied, gorge et anses en bronze doré. — Haut., 33 cent.;
larg., 50 cent.

110

18 — Deux seaux cylindriques, ou cache-pots, en ancienne porcelaine du Japon, à décor de fleurs en bleu, rouge et or. Sur
socle rocaille en bronze, — Hauteur totale, 20 cent.; diam.,
20 cent.

225

19 — Bol couvert en ancienne porcelaine du Japon, à décor en
bleu, rouge et or. — Haut., 35 cent.

10

20 — Plat rond de même porcelaine et de même décor. — Diam.,
33 cent.

21 — Petit seau côtelé et à deux anses, en ancienne porcelaine de
Chine, décoré en émaux de la famille verte à fleurs. — Haut.,
10 cent.

82

22 — Jardinière ovale en ancienne porcelaine de Chine, décorée
d'arbustes, de fleurs et d'oiseaux en émaux de la famille
verte. — Haut., 11 cent. ; larg., 28 cent.

FAIENCES

61

23 — FAIENCE DE NEVERS. Petite potiche couverte, décor bleu,
paysage, figure et ornements. — Haut., 31 cent.

24 — FAIENCE DE NEVERS. Seau ou cache-pot cylindrique, décoré
de fleurs en camaïeu bleu. — Haut., 27 cent.; diam., 26 cent.

200

25 — FAIENCE DE DELFT. Deux lampes modérateur montées dans
des vases ovoïdes, en faïence de Delft, à décor d'oiseaux et
de fleurs en camaïeu bleu. — Haut., 50 cent.

N° 2

BRONZES

26 — Pendule Louis XV en bronze doré, à trois figures d'amours
et ornements. |Mouvement de *Trouve:*, à *Paris*. — Haut.,
48 cent. ; larg., 44 cent.

700

27 — Deux candélabres en bronze doré accompagnant la pendule
qui précède, mais de travail moderne. — Haut., 60 cent.

100

28 — Deux bras-appliques à trois lumières, du temps de
Louis XVI, en bronze ciselé et doré, enrichis de festons de
fleurs et surmontés de vases. — Haut., 40 cent.

730

29 — Deux chenets du temps de Louis XIV, à figures assises, sur
des socles ornés de dragons en bronze doré. Ces chenets sont
reliés à l'aide d'une galerie qui a été rapportée postérieure-
ment à l'époque de la fabrication des chenets. — Long..
1 m. 20 cent.

505

30 — Petit bougeoir Louis XV, en bronze doré, composé d'ornements rocaille. — Long., 16 cent.

8

31 — Deux grands flambeaux du temps de Louis XV, en bronze
ciselé et doré, à tiges triangulaires à godrons et douilles
ornées de têtes de béliers. — Haut., 26 cent.

210

32 — Deux très petits flambeaux du temps de Louis XVI, en
forme de fûts de colonnes en bronze doré. — Haut., 11 cent.

40

33 — Deux flambeaux Louis XIV, en bronze doré, tige à balustre
à pans et pieds ornés d'oves. — Haut., 26 cent.

190

34 — Deux appliques à une branche du temps de Louis XIV, avec
médaillon ovale orné d'un mascaron saillant. Les douilles
porte-lumières manquent.

660

100

35 — Grand lustre en bronze, modèle rocaille, garni de cristaux. De chez Denière.

120

36 — Lustre analogue à celui qui précède, mais plus petit.

72

37 — Quatre paires de bras de même travail, en deux dimensions.

OBJETS VARIÉS

299

38 — **Teniers** (Attribué à). Paysage avec personnages et animaux. Dans le fond, un château. — Haut., 24 cent.; larg., 33 cent.

39 — **Machault**, 1783 (Cte de). Deux miniatures gouachées : Scènes d'intérieur dans le goût des maîtres hollandais. Cadres dorés. — Haut., 16 cent.; larg., 20 cent.

220

40 — Coffret du temps de Louis XIII, à couvercle légèrement bombé, en marqueterie d'écaille à fleurs sur fond d'ivoire. Il est garni d'écoinçons et d'ornements en cuivre repoussé et doré. — Larg., 21 cent.

41 — Bas-relief rectangulaire en bronze doré, représentant le Christ mort entouré d'anges et de saints personnages. France, XVIIe siècle. Cadre en bois noir. — Hauteur sans cadre, 20 cent.; larg., 27 cent.

55

42 — Flacon de poche en cristal, garni d'une monture en or gravé et découpé.

115

43 — Peinture sur verre, représentant la Vierge assise et l'Enfant Jésus, sainte Catherine et des anges. Italie, XVIe siècle. — Haut., 47 cent.; larg., 38 cent.